KB192685

오늘 사랑하라

오늘 사랑하라
Love today
今日 愛しなさい
이태규 제7시집

초판 인쇄 2025년 02월 25일
초판 발행 2025년 02월 28일

지은이 이태규
펴낸이 신현운
펴낸곳 연인M&B
기 획 여인화
디자인 이희정
마케팅 박한동
홍 보 정연순
등 록 2000년 3월 7일 제2-3037호
주 소 05056 서울특별시 광진구 자양로 73(자양동 628-25) 동원빌딩 5층 601호
전 화 (02)455-3987 팩스 (02)3437-5975
홈주소 www.yeoninmb.co.kr
이메일 yeonin7@hanmail.net

값 15,000원

ⓒ 이태규 2025 Printed in Korea

ISBN 978-89-6253-593-8 03810

오늘 사랑하라

Love today 今日愛しなさい

이태규 제7시집

오늘은
기적을 이루고 싶은 날이고
기적을 이루는 날이고
기적을 이룬 날이다

연인M&B

지식이
곧 행복은 아니다.
지식은 고뇌하고 갈등하게 한다.
그리고
그 지식 때문에 더 알려고 하고
그것 때문에 힘이 든다.
어느 순간부터
많이 알지 않아도
행복할 수 있다는 것을 알게 되었다.
많이 알지 말자.

2025년 봄
지록당에서

Love today 今日愛しなさい

오늘 사랑하라
시작은 무모하고
끝은 허무할지라도

271

책은
쓴 사람보다 읽는 사람에게
더 많은 몫을 챙겨 준다

Books give more share to those who read them than to those
who write them.

本は書いた人より読む人にもっと多くの分け前を与える。

272

돈은 나눌수록 힘이 생기고
움켜잡을수록 화근이 되기 쉽다

The more money you share, the more power you have,
and the more you hold onto, the more likely it is to bear
a disaster.

お金は分けるほど力が出て、掴むほど禍になりやすい。

273

한 가지 일을 열심히 하면
자기도 모르는 사이
더 좋은 일이 곁에 와 있다

If you work hard at one thing, more good things will come by
your side before you know it.

一つのことを頑張れば、
知らないうちにもっといいことがそばに来ている。

274

봄의 눈은 봄을 보고
겨울의 눈은 겨울을 본다

Spring buds see spring, winter buds see winter.

春の目玉は春を見て 冬の目玉は冬を見る。

275

누군가에게 용기를 주는 것은
한 사람의 인생을 바꿀 계기를 주는 것이다

To give someone courage is to give them a chance to change
their life.

誰かに勇気を与えることは、
人の人生を変えるきっかけを与えることだ。

276

부모가 자식을 챙기는 모습은 측은하고
자식이 부모를 챙기는 모습은 아름답다

The way parents take care of their children is pitiful,
the way children take care of their parents is beautiful.

親が子供の面倒を見る姿は哀れで、
子供が親の世話をする姿は美しい。

277

꿈보다 현실이 안락하다면
그 사람은 행복한 사람이다

If your reality gives you more comfort than your dream,
then you are a happy person.

夢より現実が楽ならその人は幸せな人だ。

278

타인의 사소한 실수를
질책할 권리는 아무에게도 없다

No one has the right to blame others for their minor mistakes.

他人の些細な過ちを責める権利は誰にもない。

279

안다고 하는 것은
실행할 수 있는 준비까지
되어 있을 때까지를 말한다

Knowing something means being completely prepared to
practice it.

知っているということは実行できる準備ができているまでをいう。

280

많은 사람과 교류하는 것은
다양한 지식을 얻을 기회를 얻는 일이다

Interacting with many people is an opportunity to gain
knowledges about various topics.

多くの人と交流することは, さまざまな知識を得る機会を得ることだ。

281

사람들과 적당한 경계심은 필요하지만
지나친 경계심은 자기의 활동을 위축시킬 수 있다

Moderate caution against people are necessary,
but excessive caution may restrict your boundary.

人と適度な警戒心が必要だが，
過度な警戒心は活動を萎縮させる恐れがある。

282

돈이 없어서 비참한 것보다
양심의 가책을 받으며 사는 것이 더 비참한 일이다

It's more miserable to live with a bad conscience
than to live with lack of money.

お金がなくて惨めになるより 良心の呵責を受けて生きるのがもっと
悲惨なことだ。

283

결과물이 없는 노력은 없지만
모두 기록으로 남겨지지는 않는다

No effort is without result, but not everything is documented.

結果のない努力はないが, すべて記録に残されはしない。

284

사람은
세상의 도움 없이는 하루도 살 수 없다는 것을
첫째 깨달음으로 삼아야 한다

The first one should realize is this:
man cannot live a single day
without the help of the world.

人は世の中の助けなしには一日も生きられないということを第一の
悟りとすべきだ。

285

아파트는
개성을 표현하며 살기에는 한계가 있는 공간이다

An apartment is not a space where one can live to express his
personality.

アパートは個性を表現して暮らすには限界がある空間だ。

286

남을 위해 희생하기 싫다면
자기를 위해서 누구에게도 요구해선 안 된다

If you don't want to sacrifice for others,
don't expect it of anyone for yourself.

他人のために犠牲になりたくないなら、自分のため誰にも要求しては
いけない。

287

자기의 처신보다 과분한 대우를 받을 때
더 겸손해야 한다

You should become more humble when you are getting treated
better than you deserve.

自分の行いより過ぎた扱いを受けたときはもっと謙虚でなければならない。

288

결혼하면 책임감이 생기고
책임감은 잠재된 능력을 발현시켜 준다

A marriage gives you a sense of responsibility,
which awakens your potentials in turn.

結婚すると責任感が生じ、
責任感は潜在的な能力を発現させる。

289

어쩔 수 없는 부모님의 임종이라도
오랫동안 슬픈 기억으로 남는다

Even the unavoidable passing of the parents will remain
as a sorrowful memory for a long time.

やむを得ぬ両親の臨終でも 長い間悲しい記憶として残る。

290

사람들은 젊다며 먹고 마시고 피우다가
늙어 병들어서 후회할 만큼 어리석다

People are unwise enough to regret to have spent their youth eating,
drinking and smoking to become old and sick in the end.

人々は若いと言って食べたり呑んだり吸ったりして
老い病気になってこそ悔むほど愚かだ。

291

마음이 고단하면 몸에 병이 생기고
그것을 고치려면 마음부터 고쳐야 한다

When the soul is weakened, illness visits the body. To fix it,
the illness must be cured from the soul.

心が疲れると体に病が生じ、それを直すには心から
直さなねばならない。

292

그때 일어날 일을
미리 안다고 하는 것은 교만이고
미리 알려고 하는 것은 겸손이다

It is arrogant to say you know in advance what will happen at
that time, it is humble to try to know in advance.

その時に起こることを前もって知っているというのは傲りで、
前もって知ろうとするのは謙遜だ。

293

어느 꽃은 봄에 피고
어느 꽃은 봄에 싹이 튼다

Some flowers bloom in spring, some sprout in spring.

ある花は春に咲き、ある花は春に芽が出る。

294

안 돼요, 라는 대답보다는
그래요, 라는 대답이 아름다울 때가 많다

An answer of "yes" is often more beautiful than an answer of
"no".

ダメですという答えよりは
「そうです」という答えが美しい時が多い。

295

몸은 발끝에서부터 차가워지고
말실수는 가까운 사람으로부터 시작되기 쉽다

The body becomes cold from the toes,
and a slip of the tongue tends to start with those close to you.

体はつま先から冷たくなり, 失言は身近な人から始まりやすい。

296

여자라는 이름보다 아내라는 이름이 아름답고
아내라는 이름보다 엄마라는 이름이 위대하다

The name "wife" is more beautiful than the name "woman",
the name "mother" is greater than the name "wife".

女という名前より妻という名前の方が美しく、妻という名前より
母という名前が偉大だ。

297

성공하려면 자기를 코이붕어처럼
키울 수 있다고 믿어야 한다

To succeed you must believe that you can raise yourself like
a koi fish.

成功するためには自分をコイフナのように育てられると信じなければ
ならない。

298

농사는 지어 본 사람이 농사 맛을 알고
돈도 벌어 본 사람이 돈맛을 안다

The taste of agriculture is learned by those who have tried it,
the taste of money is learned by those who have tried to make
money.

農業は営んでみた人が農業の味を知り お金も儲けてみた人が金の
味を知る。

299

내가 한 일이 남을 위한 일이고
남이 한 일이 나를 위한 일일 때가 살 만한 세상이다

It makes a world worth living in,
when what I do helps others and what they do helps me.

私が成すことは他人のためであり、他人のすることが私のためである
時が生きるに値する世の中だ。

300

관심을 갖는 것도 사랑이지만
관심을 갖지 않는 것도 사랑이다

Love is to take care, but love is also not to take care.

関心を持つことも愛だが関心を持たないことも愛だ。

301

젊었을 때는 꽃이 저렇게 아름다운지 몰랐는데
늙어서 보니 꽃이 이렇게 아름답구나

I never noticed it in my youth,
but now I realized how beautiful flowers are in my old age.

若い頃は花があんなに美しいとは思わなかったけど、
老いてみたら花が こんなに美しいんだ。

302

쉽게 얻기 위해 요구만 하다 보면
얻기는 얻지만 잃은 것을 빼고 나면
얻은 게 별로 없게 된다

You might get something easily by demanding your need,
however, you won't hardly gain anything more thinking what
you have lost on the way.

簡単に手に入れるには求めるだけでも得られはするが, 失ったものを
除けばほとんど得られなくなる。

303

자기의 업무에 대하여
관심과 합리적 사고로 임할 때
화근을 미리 막을 수 있다

When we approach our duties with concern and rationality,
we can prevent misfortune from happening.

自分の務めに対して関心と合理的思考で臨む時、
禍をあらかじめ防ぐことができる。

304

좋은 약은
수많은 가설과 수많은 실험을 통해서만 얻어진다

Good medicine is only obtained through numerous
hypotheses and experiments.

良い薬は多くの仮説と数多くの実験によってのみ得られる。

305

젊었을 때는 아내가 빨리 잠들면 화가 났는데
나이가 들어 보니 그것도 고마운 일이다

When I was younger,
I would get angry when my wife went to bed early,
but now that I am older, I am grateful for it.

若い頃は妻が早く眠ると腹が立つが、
年をとってみるとそれもありがたいことだ。

306

음식도 초면이지만 끌리는 것이 있듯이
사람도 그렇다

Just as some cuisines, some people attracts us on the first
encounter.

食べ物が初対面でも惹かれるものがあるように人もそうだ。

307

사람은 단순비교로 평가해서는 안 된다,
다양한 면을 살펴봐야
그 사람의 진가를 알 수 있다

People should not be evaluated by simple comparisons. You can
only understand a person's true value by looking at his or her
diverse aspects.

人は単純比較で評価してはならない 多様な面を見てこそその人の
真価が分かる。

308

고개를 숙이면 눈 밑만 보이고
고개를 들면 멀리까지 볼 수 있다

When the head is lowered, only the lower part of the eyes can
be seen, while when the head is raised, the distance can be
seen.

頭を下げると目の下だけ見え，頭を上げると遠くまで見える。

309

해야 할 일을 깨닫는 것이 철이라면
해야 할 일을 놓치는 것이 철없는 일이다

If it's sensible to realize what needs to be done,
it's not sensible to miss what needs to be done.

やるべきことを悟るのが分別なら、
やるべきことを逃すのは分別のないことだ。

310

세상은 자기가 한 노력만큼 보상해 준다,
그 이상을 바라는 것이 욕심이다

In this world, you only get rewarded for the effort you put in,
wanting more than that is greed.

この世は自分がした努力だけ報われる
それ以上のものを望むのが欲だ。

311

삶에는 기본 공식이 있다,
그 공식대로 살면 건강하고
오래 살 수 있다

There's a basic formula for life,
and if you live by that formula,
you'll live a long, healthy life.

人生には基本的な公式がある その公式のままに生きれば健やかに
長生きができる。

312

노인의 건강은 현상 유지가 최선이다,
더 좋게 하려고 욕심을 내면 화근이 되기 쉽다

The best health for the elderly is to maintain the current state.
Greed for the greater good can easily lead to misfortune.

老人の健康は現状の維持が最善だ.
もっと良かれと欲張れば災いになりやすい。

313

평소에 쓰던 말도
신분의 상승 후에 그대로 쓰면
실수가 될 수 있다

The words you normally use could be misplaced,
if you use them even if your status has been changed.

普段使っていた言葉も身分が上がった後にそのまま使うと間違いに
なりかねない。

314

젊었을 때는 아쉬운 것 하나 없어도
나이가 들면 아쉬운 것이 스멀스멀 생겨난다

When you are young, you may not be lacking a thing,
but when you get older you will be lacking one after another.

若い頃は何ひとつなくても、年を取ると残念なことが徐々に生まれる。

315

실패는 예고 없이 찾아온다,
최선의 노력으로 최소의 실패를 대비해야 한다

Failure comes without warning,
and we must be prepared to minimize it with our best efforts.

失敗は予告なく訪れる 最善の努力で失敗が最小に留まるよう
備えなければならない。

316

속으로는 인정하면서 부정적인 의견을 낸다면
머지않아 이중인격자로 불릴 수 있다

If you express a negative opinion, even though you admit it
internally, eventually people will call you a dual personality.

内では認めていながら否定的な意見を出せば やがて二重人格と
呼ばれもする。

317

쓰러지기 쉬운 나무에게는
버팀목이 필요하다, 사람도 그렇다

A tree that falls easily needs support, so do people.

倒れやすい木には支えが必要だ 人もそうだ。

318

예전부터 그랬으면 더 좋겠다고
생각하는 건 욕심이다,
지금 좋다면 복이 많은 것이다

It is greed to wish it should have been better.
If it's good now, it's a lot of blessings.

前からそうだったらもっといいなと思うのは欲だ。
今よければ福が多いのだ。

319

요령이란 말 속에서
나쁜 생각만 빼면 지혜가 된다

If only bad intentions are excluded from the word "cleverness",
it is nothing else than the wisdom.

要領という言葉の中で悪い考えさえ除けば知恵になる。

320

내일 봄이 예정되었다고 하더라도
이 겨울을 어떻게 해야 행복할까를 생각해야 한다

Even if spring is expected tomorrow,
we must think about being happy during this winter.

明日の春が予定されているとしても、
この冬をどうすれば幸せになれるかを 考えなければならない。

321

누가 들어도 농담인 말을
자기만 농담으로 듣지 못한다면
자기가 옹졸한 탓이다

If you're the only one who can't understand a joke when
everyone else does,
it's your own fault for being so narrow-minded.

誰が聞いても冗談の言葉を自分だけが冗談と聞けないなら、
自分がせこいせいだ。

322

모든 사람이 잘 다니는 길에서
자기만 넘어졌다면
자기가 부주의했기 때문이다

If you fell down on a road that everyone often passes without
problem, it is due to your carelessness.

誰もがよく通る道で転んでしまったら不注意だったからだ。

323

땅에 쌓인 눈은
영하의 기온에서도 지열 때문에 녹는다

Snow on the ground melts by geothermal heat,
even in sub-zero temperatures.

地面に積もった雪は 氷点下の気温でも地熱のために溶ける。

324

세상에 오르막길이 있는 것은
평지 길을 고맙게 느끼게 하기 위함이다

The reason there are uphills in this world is
to make us appreciate the flat road.

世の中に上り坂があるのは 平らな道をありがたく感じさせるためだ。

325

욕심이 많은 곳에는
사기꾼이 끼어들 틈이 많다

Where there's greed, there's a lot of room for scammers to cut
in.

欲を張るところには詐欺師が割り込む隙が多い。

326

이 세상에 유일하게 남아 있는
원시인의 모습이
부부의 생활 모습이다

The only remaining image of primitive men in this world is that
of a couple's life.

この世に唯一残っている原始人の姿が夫婦の生きる様だ。

327

자기의 건강을 지키는 것은
자기의 것이지만
배우자에 대한 배려이기도 하다

Keeping yourself healthy is for your own sake, but it is also
about caring for your spouse.

自分の健康を守るのは自分のことだが、配偶者への配慮でもある。

328

세상에서 가장 어리석은 사람은
간섭하지 않아도 될 일에 끼어들어
송사에까지 말려드는 사람이다

The stupidest people in the world get involved in things they
have no part in and even get involved in lawsuits.

世の中で一番愚かな人は関わりのないことに割り込んで
訴訟にまで巻き込ま れる人だ。

329

매일 반복되는 일을
별 생각 없이 하면 일이 없는 것 같이 되고
일을 힘들게 생각하면 많은 것 같아진다

If you do what is repeated every day without thinking too
much, there will be no hard work, and if you consider the work
too seriously, there will be more work.

毎日繰り返されることを心無くすると疲れず
仕事を難しく考えるとしんどくなる。

330

작은 머리에 여러 가지 넣고 살면
인생을 교통 정리하기 힘들어진다

Living with so many things in your little head makes it hard to
organize your life in traffic.

小さな頭にいろいろ入れて暮らすと人生を交通整理しにくくなる。

331

게으른 사람은
밥상 위의 생선 가시 발라 먹기도 귀찮아한다

Lazy people can't be bothered to take fish bones off the table to
eat them.

怠け者は食膳の魚の骨を除いて食べるのも面倒だと思う。

332

지나친 근심 걱정은
자기를 우울증까지도 데리고 간다

Excessive worry can cause you to fall into depression.

過度の心配は自分をうつ病にまで連れて行く。

333

누군가를 위해
음식을 만드는 일은 힘들지만
이보다 행복한 일은 없다

Making food for someone is difficult,
but nothing makes me happier.

誰かのために食べ物を作るのは大変だが これより幸せなこともない。

334

풍족함 속에 결핍이 현대인의 병이다,
스스로 치유의 길을 찾지 않으면
벗어날 수 없는 병이다

Lack in affluence is a disease of modern man, a disease he
cannot escape without finding his own way to cure.

豊かさの中にある欠乏が現代人の病だ 自ら治す道を探さないと
抜け出せぬ病気である。

335

남의 근심을
함부로 말하는 것이 막말이다

It's a rant to say that people worry unnecessarily.

人の心配をむやみに言うのが暴言だ。

336

남의 속마음을 다 알 수 없으면서
섣불리 판단하는 것만큼 경솔한 일은 없다

Nothing is more rash than making hasty decisions
when you don't know what people really think.

人の本音が分からないままに急いで判断するほど軽率なことはない。

337

물속에서 자유로운 물고기가
물 밖에서도 자유로울 수는 없다

A free fish in the water is not free outside the water.

水中で自由な魚が 水の外でも自由にはなれない。

338

하늘을 나는 새는
아무렇게나 나는 것 같지만
목적 없이 나는 새는 하나도 없다

Birds in the sky seem to fly randomly,
but none of them fly without purpose.

空飛ぶ鳥は無造作に飛んでいるようだが
目的なく飛ぶ鳥は 一羽もない。

339

경험 속에서 나오는 지혜는
배신하지 않는다

Wisdom born from experience does not betray.

経験から生まれる知恵は裏切らない。

340

인생이 유한하다는 걸 모르는 사람은 없지만
유한한 것을 생각하면서 사는 사람은 많지 않다

There is no one who does not know that life is finite,
but not many do live actually thinking that life is finite.

人生が有限であることを知らぬ人はいないが、有限であることを
考えながら生きる 人は多くない。

341

장화는 비 오는 날 신어 봐야
물 새는 곳을 알 수 있다

Boots must be worn on a rainy day to see if they leak.

長靴は雨の日に履いてみないと水漏れがわからない。

342

말은 정직할 때 힘을 얻지만
때로는 침묵할 때
더 큰 힘을 얻을 수도 있다

Words gain power when they are honest,
but sometimes silence gives them more power.

言葉は正直な時に力を得るけど沈黙するとより
大きな力を得ることもある。

343

인간은 현명하게 사는 사람과
어리석게 사는 사람이 있다

People live either wisely or foolishly.

人間は賢く生きる人と愚かに生きる人がいる。

344

인간이 일가를 이루고
오손도손 사는 것만큼
완벽한 행복은 없다

There is no more perfect happiness than
for human beings to form a family and live in harmony.

人が一家を成して仲良く暮らすことほど完璧な幸せはない。

345

고향을 그리며 사는 사람은
타향에서도 고향을 만들면서 산다

People who miss their hometown create their hometowns in
foreign countries.

ふるさとを恋しがる人は
他郷でもふるさとをつくりながら生きる。

346

똑똑한 사람은 남을 배신할 수 있지만,
미련한 사람은 배신하지 않는다

Smart people can betray others, simple people don't.

賢い人は人を裏切ることができるが足りな人は裏切らない。

347

당장은 실속 없는 행동이라도
계속하다 보면
자신을 위한 일이 된다는 걸 알게 된다

You'll see that even actions that don't have immediate results
right away could be good for you if you continue doing them.

今すぐは中身のない行動でも続けていれば自分のためになるという
ことが分かる。

348

관심을 갖고 살면
모르는 것을 알게 되고
잃어버렸던 일도 기억나게 된다

Living with interest let you notice what you did not know
and remind you of what you have forgotten.

関心を持って生きると知らないことを知り、忘れたことも思い出す。

349

자기의 실수를 숨기고 싶지만
인정할 때 생기는 힘이 강하다

There is a great power in admitting our mistakes
even if we want to hide them.

自分の過ちを隠していたいが それを認めるときに生じる力が強い。

350

어린이를 보려면
허리를 굽혀야 한다

You must bend forward to look at the children.

子供を見るには腰を曲げなければならない。

351

말 한마디가 어떤 사람을
성공하게도 하고 망하게도 한다

One word can lead your life either to success or failure.

言葉一言が人生を成功させもするが 滅ぼしもする。

352

추운 날이 많이 추워야
따뜻한 날 고마운 걸 느낀다

We feel grateful for warm days only after long cold days.

寒い日が多くてこそ 暖かい日に感謝を感じる。

353

젊은 거지가 불쌍하지만
스스로 일어서려는 의지가 없다면
그대로 두고 보는 게 좋다

I feel sorry for the young beggar, but it is better for him to be
left alone unless he has the will to stand up for himself.

若い乞食は哀れだが、自分で立ち上がろうとする意志がないなら、
そのままにしておいたほうがいい。

354

기다리는 시간에 가장 너그러운 곳이
병원 진료 대기실이다

The most generous place to wait is the hospital waiting room.

待つ時間に最も寛大な場所が病院の待合室だ。

355

현명한 부부는
상대방의 단점을 보지 않고 장점을 보려 한다

A wise couple tries to see the merit without seeing the weakness
of the partner.

賢明な夫婦は相手の短所を見ずに長所を見ようとする。

356

자식들은 부모의 숨소리를 듣고 자라고
부모는 자식들의 발자국 소리를 들으며 늙는다

Children grow up listening to their parents' breathing,
and parents grow old listening to their children's footsteps.

子供たちは親の息づかいを聞いて育ち、親は子供たちの足音を
聞きながら老いる。

357

똑같은 일을 하면서도
어떤 사람은 행복하고
어떤 사람은 불행하다

Some are happy while others are unhappy doing the same
thing.

同じことをしながらも、ある人は幸せであり ある人は不幸だと思う。

358

사랑이란
비가 오거나 바람이 불어도 꺼지지 않는
키메라 불꽃 같은 것이다

Love is like a Chimaera flame that does not disappear even if
rain falls or wind blows.

愛とは雨が降っても風が吹いても消えない炎のようなものだ。

359

마음으로 사는 것이 끝나고
몸으로 버티고 살게 될 때가
늙음이다

Old age is when living with your mind is over
and you start living with your body.

心で生きることが終わり 耐えながら生きるようになる時が老いだ。

360

낮에 켜 놓은 가로등 불빛은
밝아 보이지 않는다

The light from the street lamp that was on during
the day does not look bright.

昼につけておいた街灯の光は明るく見えない。

361

새는 과속신호등이 없어도
적당한 속도를 유지하면서 난다

Birds fly at moderate speed without speeding signals.

鳥は信号灯がなくても適当な速度を保ちながら飛ぶ。

362

가장 약할 때
가장 강하게 붙잡아 주는 곳이 가정이다

The strongest support in
the most vulnerable times is the family.

最も弱い時に一番強く支えてくれるのが家庭だ。

363

여보시게! 백 년도 못 사는 인생인데
이놈은 이렇고 저놈은 저래서 다 버리고 나면
누구랑 살 텐가?

You, you can't live for a hundred years, so who will you live
with if you abandon everyone for their negligible mistakes and
flaws.

もしもし！百年も生きられない人生なのに、
こいつはこうであいつはああだからと
全く捨てたら誰と暮らすんだ。

364

노인에게는 어디가 아프냐고 묻지 말고
안 아픈 데가 어디냐고 물어라

Don't ask an elderly person where it hurts, ask them where it
doesn't hurt.

年寄りにはどこが痛いのかと聞かないで、
痛くないところがどこかと聞け。

365

말해 놓고 돌아서서
혀를 자르고 싶도록 후회하면서
또 반복되는 건 무엇 때문일까?

What is it that I say and then turn around and regret so much I
want to cut out my tongue but repeat it again?

言っておいて振り返り舌を切りたくなるほど悔みながらまた
繰り返されるのは なぜだろうか。

366

늪 속으로 빠져들어 가는 발길을
멈출 사람은 자신뿐이다

Only you can stop yourself from diving into the swamp.

沼にはまり込む足を止めるのは自分だけだ。

367

똑같은 새벽이
누구에게는 낮이고
누구에게는 밤이다

The same dawn is day for some and night for others.

同じ夜明けでも誰にとっては昼で、ある人には夜だ。

368

가깝거나 가깝게 느끼는 사람 사이에서
말실수가 일어나기 쉽다

Gaffes are more likely to occur between people who are close
to each others.

近かったり身近に感じる人の間で失言が起こりやすい。

369

부모님들은 자식이 아픈 것이
다 자기의 잘못 때문인 것처럼 생각한다

Parents think it is their fault their child got sick.

親は子供が病気になったのは全て自分のせいだと思っている。

370

웃음 속에 울음이 있고
울음 속에 웃음이 있다

There is crying in laughter and laughter in crying.

笑いの中に泣きがあり 泣きの中に笑いがある。

371

자식의 못마땅한 짓을 보면서
부모님께 불효한 것을 깨닫게 된다

You realize you were disloyal to your parents when you see
your children do bad things.

子供の不都合を見ながら親不孝を悟るようになる。

372

당연하다고 생각한 일이
그렇지 않은 결과로 귀결될 때
자기가 틀렸음을 빨리 인정해야 한다

When what you think is natural turns out not to be, you must
quickly admit you are wrong.

当然だと思ったことがそうでない結果に至ったとき
自分が間違ったことを早く認めるべきだ。

373

무리한 일인 줄 알면서 무리한 짓을 하면
예상보다 훨씬 큰 불행을 당할 수 있다

If you do something you think you can't do, you could be in for
a lot more misery than you bargained for.

無理なことだと分かりながら無理をすると 予想よりはるかに
大きな不幸に見舞われることがある。

374

사람들은 누구나 주변에
우군과 적군을 두고 산다

Everyone lives with friends and enemies around them.

人は誰でも周りに友軍と敵軍を置いて暮らす。

375

겨울을 좋아하는 사람에게
2월은 어느 달보다 아쉬운 달이다

For the winter lovers, February is the month they miss more
than anything.

冬が好きな人にとって2月はどの月よりも惜しい月だ。

376

5월은
장미꽃을 좋아하는 사람이 기다리는
최고의 달이다

May is the best month for rose lovers waiting.

5月はバラが好きな人が待つ最高の月だ。

377

허둥지둥 만큼 인생을 잘 표현한 말도 없다

There is no better way to describe life as 'in such a hurry'.

あたふたほど人生をうまく表現した言葉もない。

378

지혜로운 사람 발자국에는 지혜가 쌓이고
어리석은 사람의 발자국에는 어리석음만 쌓인다

A wise man's footprints are marked by wisdom,
and a fool's footprints are marked only by folly.

賢い人の足跡には知恵が積もり
愚かな人の足跡には愚かさだけが積まれる。

379

좋은 일 나쁜 일 다 겪고 사는 것이 인생이다

Life is to live while enduring all that is good and bad.

善いこと悪しきことすべて耐えながら生きるのが人生だ。

380

맛있는 음식은
혓바닥의 검문을 받기도 전에
목구멍으로 넘어간다

Delicious food crosses the throat before the tongue check.

おいしい食べ物は舌の検問を受ける前にのどを越える。

381

애인을 만나려고
잘 차려입고 나가는데 비가 온다

I go out dressed to meet my girlfriend and it rains.

恋人に会おうと盛装して出かけるのに雨が降る。

382

선물은 줄 때만 설레는데
받은 선물은 볼 때마다 설렌다

presents are exciting only when you give them, but the presents
you receive are exciting every time you see them.

プレゼントはあげる時だけワクワクするけど 受けたプレゼントは
見るたびにわくわくする。

383

잘해야 한다는 지나친 강박관념은
자기를 힘들게 할 뿐이다

The obsession with having to do well only makes you suffer.

うまくやらなければという強迫観念は 自分を苦しめるだけだ。

384

몸은 떠나가도 추억은 남겨 놓고 떠난다

The body leaves but the memory remains.

身は去っても思い出は残して去る。

385

나비가 춤춘다는 말은 틀린 말이다,
그냥 날 뿐이다

The expression 'butterfly dances' is incorrect, it just flies.

蝶が舞うという言葉は間違っている ただ飛ぶだけだ。

386

수많은 가능성이 있는 곳이 세상이고
수많은 불가능이 있는 곳도 세상이다

Where there are many possibilities is the world,
where there are many impossibilities is also the world.

多くの可能性があるところが世の中であり、
数多くの不可能性がある場所も世界だ。

387

일을 시작하기 전에는 자기의 생각이
얼마나 무모할 수 있는가를 생각해 봐야 한다

Before starting work, you must think how reckless your
thoughts could be.

仕事を始める前に，
自分の考えがいかに無謀であるかを考えなければならない。

388

배고픈 사람은 그림에 밥을 그려 넣지만
배부른 사람은 꽃을 그려 넣는다

The hungry paint rice in the picture, but the full flowers.

お腹が空いた人は絵にご飯を描き入れるが、
満腹な人は花を描いて入れる。

389

그때 성취할 가능성이 없어 보여도
미리 포기할 일은 아니다

Even if it seems unlikely to be fulfilled at the time,
do not give up in advance.

その時成し遂げる見込みがなさそうに見えてもあらかじめあきらめる
ことではない。

390

아무리 좋은 말이라도
교만한 사람에게는 무용지물이다

No matter how nice the words, they are useless to the arrogant.

いくらいい言葉でも傲慢な人には無用な物だ。

391

부모가 자식을 위하여 할 수 있는
가장 큰 저축은
자식을 건강하게 키우는 일이다

The biggest savings parents can make for their children is
to raise them healthy.

親が子供のためにできる最大の貯金は子供を健康に育てることだ。

392

들꽃은 하늘 정원에서 핀다,
아무도 돌보지 않아도 스스로 핀다,
그대가 들꽃이다

Wild flowers bloom in the sky garden, and they bloom on their
own without anyone taking care of themselves. So they are
called wild flowers.

夜花は空の庭で咲く 誰も説話しなくても自ら咲く 君が野花だ。

393

설마 속에는 위험이 들어 있다는 걸 알면서도
위험을 무릎 쓰고 그대로 할 일은 아니다

Knowing that there is danger in your heart, you should not risk
it and do it as is.

まさか心の中に危険が含まれたことを知りながらも、危険を冒して
そのままやることではない。

394

사람은 위만 보거나 아래만 보고 살 수 없다

One cannot live looking only up or looking only down.

人は上だけを見たり下だけを見ては生きていけない。

395

글자로 읽지 못하는 세상이라도
몸으로는 읽을 수 있다

The world cannot be read like a written book. You can however
read it with your body.

文字で読めない世の中でも体にては読められる。

396

머리로 배운 기억보다
몸으로 배운 기억이 오래간다

Memories learned with the body last longer than memories
learned with the head.

頭で学んだ記憶より体で学んだ記憶の方が長く保つ。

397

바람이 불지 않으면
강물은 출렁이지 않는다

If wind doesn't blow, river water doesn't shake.

風が吹かなければ川水は揺れない。

398

죽은 후의 평가도 중요하지만
살아 있을 때 어떤 사람인가가
더 중요하다

Posthumous evaluation is important, but what kind of person
you are when you are alive is more important.

死後の評価も重要だが, 生きている時どんな人かがより重要だ。

399

누군가에게서
소식을 기다리는 것은 즐거운 일이다,
그래서 나도 누군가에게 소식을 보낸다

It's fun to wait for news from someone,
so I send news to someone too.

誰かからくる便りを待つのは楽しいことだから
私も誰かに便りを送る。

400

세상은 학위 없는 박사 농부·어부·광부 등이 이끌어 간다

The world is led by doctors, farmers, fishermen, and miners
without degrees.

世の中は学位のない博士、農夫、漁夫, 鉱夫などが導いていく。

401

잔소리라는 말에는 염려가 포함되어 있다

The word nag includes concern.

小言という言葉には心配が含まれている。

402

형제가 많을수록 올바르게 자랄 가능성이 많다

The more siblings you have, the more likely you are to grow up
right.

兄弟が多いほど正しく育つ可能性が高い。

403

신발은 조금 낡아야 발에 편하고
친구는 오래될수록 슬거워진다

The little older shoes are easier on the feet, and friends get
softer as they get older.

靴は少し古い方が足に楽で、友達は古くなるにつれて成熟する。

404

아무리 좋은 기구라도
사용하는 사람에 따라 그 기능이 달라진다

Even the best equipment changes its function depending on the
person who uses it.

どんなにいい器具でも使う人によってその機能が変わる。

405

숫자로만 읽어 낼 수 없는 것이
노인의 건강상태이다

You cannot read the health of the elderly by numbers.

数字だけでは読み取れないのが老人の健康状態である。

406

한 가지를 보면 열 가지를 알 수 있다고 하지만
그렇지 않을 때도 많다

They say you can know ten things from one thing,
but it is not always the case.

一つを見れば十のことが分かると言うがそうでない時も多い。

407

사람은 여러 가지 형태의 모습으로 표현되기 때문에
상대방을 이해하려면 많은 노력이 필요하다

People are expressed in many different ways, so it takes a lot of
effort to understand them.

人は様々な形で表現されるので、
相手を理解するには多くの努力が必要だ。

408

속 좁은 사람에게
너그러운 친구가 있다는 것은
행운 중 행운이다

It is most fortunate for narrow-minded people to have generous
friends.

心の狭い人に寛大な友人がいることは幸運だ。

409

자기가 좋다고 주장하는 것보다
더 좋은 것이 나타나면
자기의 주장을 내려놓게 된다

If something better appears than what you claim to like, you
have to drop your claim.

自分が好きだと主張するよりも良いのが現れたら、自分の主張を
捨てることになる。

410

불평 많은 사람의 집에는
불평할 일만 쌓여 가기 마련이다

Complainers' homes are filled with complaints.

不平を言う人の家には文句ばかりがたまっていくものだ。

411

자식들은
부모를 정신 차리게 하는 묘약이다

Children are the wonder medicine that wakes parents up.

子供たちは親をしっかりさせる妙薬だ。

412

자신의 앞길을 아는 사람은 아무도 없지만,
그 길을 운명이 데려다 준다

No one knows the path one is on, but fate will guide that path.

自分の行く道を知っている人は誰もいないが、
その道を運命が導いてくれる。

413

돈은 돈 때문에
아쉬움을 느낄 수 있을 때까지만
의미가 있다

Money is meaningful until you still feel that you don't have
enough money.

お金はお金のために物足りなさを感じる時までだけ意味がある。

414

작은 돌 하나가 돌탑을 무너뜨릴 수 있다

One small stone can destroy a stone tower.

小さな石の一つが石の塔を倒すことができる。

415

부모는 아이들이 어렸을 때
잘못해 준 것들에 대해서
항상 미안한 마음을 갖고 산다

Parents always feel sorry for not treating their children good
enough.

親は子供たちが子供の頃よくしてくれなかったことに対していつも
すまない気持ちで暮らす。

416

내가 한 말을
친구가 기억해 주지 않아서 서운했는데
나도 그랬다는 것을 알게 되었다

I was disappointed that my friend didn't remember what I said,
but I learned that I did too.

私の言ったことを友達に覚えてもらえなくて寂しかったが、
私もそうだったことを知った。

417

잊혀질 일은 잊혀질 만한 이유가 있고
잊지 못할 일은 잊지 못할 이유가 있다

What can be forgotten has reason to be forgotten and what
cannot be forgotten has reason not to be forgotten.

忘れられることは忘れられるべき理由があり、
忘れられないことは忘れられない理由がある。

418

악성 댓글을 다는 사람이
당하는 사람보다 더 고통을 받는 사회가
정상적인 사회이다

A society is a normal society where people writing malicious
replies suffer more than those who are getting mobbed online.

悪質な書き込みをする人がやられる人より苦しむ
社会が普通の社会だ。

419

부모님이
부모님 이전에 선배로 생각할 때
자기를 성장시킬 수 있다

When you consider your parents not as your parents but as
your senior in life, you can grow.

両親が両親としてより先輩だと思う時、自分を成長させることができる。

420

칭찬은 조금 과장되어도 좋고
비난은 축소할수록 좋다

Praise can be a little exaggerated and blame can be reduced.

称賛は少し誇張されてもよいし非難は縮小すればするほどよい。

421

세상에서 가장 아름다운 꽃은
당신의 얼굴에 핀 웃음꽃이다

The most beautiful flower in the world is the laughing flower
on your face.

世界で一番美しい花はあなたの顔に咲いた笑顔の花だ。

422

바다는 아내가 물고기처럼 헤엄치던 곳이고
하늘은 남편이 새처럼 날던 곳이다

The sea is where my wife was swimming like a fish and the
sky is where my husband was flying like a bird.

海は妻が魚のように泳いでいたところだし 空は夫が鳥のように飛んで
いたところだ。

423

도시에서 살면서 나태하다고 생각했는데
자연으로 들어와 보니
그게 아니었구나 하는 생각이 든다

I thought I was lazy living in the city, but when I got into
nature, I realized I was not.

都会に住みながら怠け者だと思っていたのに 自然に入ってみたら
そうじゃなかったんだなと思う。

424

직진하다가 이게 아닌가 싶어
왼쪽으로 가다가 멈춰 섰다,
다시 오른쪽으로도 가 본다

I was going straight and I thought maybe this is it,
so I went left, stopped and went right again.

直進してこれじゃないと思って左に行って止まったり、
また右にも行ってみる。

425

그래 우여곡절도 있었지만 잘 살아온 거야,
그리고 잘 살고 있는 거야

Yes. And we've had our twists and turns, but we've lived well.
And we're doing fine.

そうだ 紆余曲折もあったけど、よく生きてきたんだ。
そして元気に過ごしているんだよ。

426

배우자란
상대방이 필요한 것을 파악하고
적극적으로 해결하려는 존재다

A spouse is someone who knows what the other person needs
and actively tries to solve it.

配偶者とは相手が必要なものを把握し、
積極的に解決しようとする存在だ。

427

사람 간에 속마음을 내놓지 않으면
신비로울 수는 있으나 친밀감은 떨어진다

If you do not say what you really feel between people, it may
be mysterious, but intimacy will fall.

人の間で本音を言わないと神秘的かもしれないが親密感は落ちる。

428

안부 전화는
내가 상대방이 궁금해서도 하지만
상대방이 기다려서도 한다

I give greeting calls as I wonder about the others, but also as
they are waiting for it.

安否の電話は相手のことが気遣われてもするけど
相手が待っていてもする。

429

사람들은 새가 운다고 하는데
단언컨대 새는 한 번도 운 적이 없다

People say birds cry, but they certainly have never cried.

人々は鳥が鳴くと言っているが, 確かに鳥は一度も泣いたことがない。

430

누구에게 해 주지 못한 것을 후회할망정
누구에게서 받지 못한 것을 후회할 일은 아니다

You might rather regret not being able to do something for
someone, but not for getting enough from someone.

誰かにしてあげられなかったことを後悔するものの、
誰からももらえなかったことを悔やむことではない。

431

할 일이 없다는 말은
좋다는 말과 나쁘다는 말
두 가지 뜻이 들어 있다

The word "nothing to do" can mean two different things,
good and bad.

やることがないという言葉は いいという言葉と悪いという
言葉の二つの意味が含まれている。

432

계절의 봄은 세월 따라 오지만,
인생의 봄은 마음 따라 온다

The spring of the seasons comes with the years, but the spring
of life follows the heart.

季節の春は歳月と共に来るが人生の春は心に付いてくる。

433

부모가 의롭게 산 모습을
자식에게 보여 주는 것이
최고의 유산이다

The best legacy is for parents to show their children
how to live a righteous life.

親の義理堅い生き方を子供に見せるのが一番の遺産だ。

434

준비한다는 것은
잘 먹고 운동하고 조심하는 것이다

Preparation means eating well, exercising and taking care.

準備するということはよく食べて運動して気をつけることだ。

435

늙으면 얼마나 고독하고 외로울까,
젊었을 때 상상했던 것보다
훨씬 더 고독하고 외롭다

How lonely and isolated we must be when we get old.
It's much lonelier and more isolated than I imagined
when I was young.

年を取るとどんなに孤独で寂しいだろうか.
若い頃想像していたよりもずっと
孤独で寂しい。

436

명예와 부끄러움을 구별하지 못하면 천박해진다

When you cannot distinguish between honor and shame,
you become shallow.

名誉と恥を区別できなければ浅薄になる。

437

자식 교육은 부모의 입보다
타인의 입을 빌려서 하는 것이
훨씬 효과적이다

Educating children is much more effective
with the mouths of others
than the mouths of their parents.

子供の教育は親の口より他人の口を借りてする方がはるかに効果的だ。

438

아무리 올바른 주장이라도
자제력을 잃으면
추한 꼴을 보여 주게 된다

No matter how correct your argument, if you lose self-control,
it will show its ugly face.

いくら正しい主張でも自制力を失うと醜い姿を見せることになる。

439

궁박한 사정에 처했을 때
더 궁박한 일을 당할 수 있다는 것을 생각해야
궁박에서 벗어날 수 있다

You can only get out of a tight spot if you think you can suffer
more when you are in dire circumstances.

苦しい状況に置かれた時、もっと苦しい目に遭うことがあるということを
考えてこそ、窮迫から抜け出すことができる。

440

싸게 산 물건이라도 쓰지 않고 두면 큰 지출이고,
비싸게 산 물건이라도 잘 쓰면 작은 지출이다

Even if you buy something cheap,
it is a big expense if you do not use it.

安く買った物でも使わないでおけば大きい支出だし高く買った
物でもうまく使えば 小さな出費だ。

441

거짓은 잠시 세상을 속이더라도
종국에는 사실이 드러나게 되어 있다

The falsehood may fool the public for a while,
but eventually the truth is supposed to be revealed.

偽りはしばし世間を欺いても
結局は事実が明らかになるようなっている。

442

나는 세상 떠나간 친구 전화번호도 못 지운다네
자네는 어떤가?
우리는 이러다가 어떻게 떠나지

I can't even delete the phone numbers of my friends who left
this world. What about you, how we leave like this?

私は世を去った友の電話番号も消すことができないよ。
君はどうだ。私たちは このままではどう去ろうか。

443

사람들은 개소리하지 말라고 하는데
그 말은 틀린 말이다,
개는 틀린 말을 한 적이 없다

People say don't talk like a dog, but they're wrong,
a dog has never spoken single untrue thing.

人々は犬のようなことを言うなと言うが、それは間違っている 犬は
間違ったことを言ったことがない。

444

종이와 연필은 환상의 짝꿍이지만,
그것 때문에 화근이 될 때도 있다

Paper and pencil are fantastic companions, but they can also be
a source of mischief.

紙と鉛筆は幻想的な相棒だが, それで禍根になることもある。

445

속에 있는 마음은 겉으로,
겉에 있는 마음은 속으로 넣는 것이
좋을 때가 많다

It is often better to reveal the inner mind and to keep
the outer mind inside.

内の心は表に 表にある心は内に入れた方が良い場合が多い。

446

자신감이 있으면 너그러워지고
너그러워지면 모두를 편안하게 한다

Confidence makes you generous, which relaxes everyone.

自信があれば寛大になり、寛大になれば皆をリラックスさせる。

447

사람이 늙으면
생산 능력이 떨어진다고 생각하는데,
다 그런 건 아니다

You would think that as people get older their productive
capacity would decrease, but not everyone does.

人が年を取れば生産能力が落ちると思うが、みんなそうではない。

448

어리석은 사람은 자신의 능력을 과시하고
지혜로운 사람은 속으로 숨긴다

A foolish man flaunts his abilities,
a wise man hides them in his heart.

愚かな人は自分の能力を誇り、賢い人は心の中に隠す。

449

늘어서 부끄러운 모습을 보여 주고도
부끄러워하지 않아도 되는 관계가
부부다

Couples are never too embarrassed or ashamed to show they
got older.

老いて恥ずかしい姿を見せても恥ずかしがらずに済む関係が夫婦だ。

450

다리가 무너지면 대형 사고라고 하면서
우리는 친척 관계가 무너지는 세상을
아무 생각 없이 산다

We say that if a bridge collapses it is a big accident
and we live in a world where our relatives collapse without
thinking.

橋が崩れたら大事故といいつつ、私たちは親戚の関係が崩れる
世の中を何も考えずに生きる。

451

또 하나의 높은 파도를 넘어가면서
감사와 행복을 느낀다

Feel grateful and happy for overcoming another tidal wave.

もう一つの高波を乗り越えながら感謝と幸せを感じる。

452

조금씩 모아 둔 돈을 한꺼번에 지출하게 될 때
절약의 중요성을 깨닫게 된다

You realize the importance of saving little by little
when you have to spend great sum of money at a time.

少しずつ貯めておいたお金を一度に使う時 節約の大切さが分かる。

453

어른이 된다는 것은
산과 물만큼 어려운 길이고
해와 달만큼 쉬운 길이다

Growing up is as hard a road as mountains and water,
and as easy as the sun and the moon.

大人になることは山や水と同じくらい難しい道であり、
太陽や月と同じくらい簡単な道だ。

454

자기가 자기를 제일 잘 알 수 있다고 하는 말은
틀릴 수 있는 말이다

It is not always the case that I am the one who understands
myself the best.

自分は自分が一番よく知っているという
言葉は間違っているかもしれない。

455

자녀를 둔다는 것은
어려움과 기쁨을 함께 얻는 일이지만
더 큰 기쁨을 얻는 일이다

Having a child is to have both difficulty and joy,
but the joy is greater.

子供を持つことは困難と喜びを共に得ることであるが、
より大きな喜びを得ることである。

456

신뢰를 잃고 나면 백번 천번의 노력에도
완전한 신뢰 회복은 힘들다

If you lose trust, it is difficult to recover complete trust even
if you make hundred thousand times more efforts.

信頼を失えば、百回千回の努力にもかかわらず、
完全な信頼回復は難しい。

457

아무리 건강을 잘 챙기는 사람이라도
감기 정도는 걸릴 수 있다

Even the most health-conscious person can catch a cold.

どんなに健康に気を遣う人でも風邪ぐらいは引くことがある。

458

비싸고 무거운 가방을 버리고
천 가방을 들었더니 무겁던 세상이
새털처럼 가벼워졌다

When I threw away my expensive and heavy bag and carried a
cloth bag, the heavy world became light like bird feathers.

高価で重たいかばんを捨てて布かばんを持っては 重かった世の中が
鳥毛のように軽くなった。

459

미래에 경험할 일에 대하여
자신에게 유리하게만 해석하는 건
어리석은 일이다

It is unwise to interpret what you will experience in the future
in your favor.

やがて経験すべきことについて自分に有利にだけ解釈するのは
愚かなことだ。

460

내가 불러도 오지 않고 뛰어다니는 개를 보고, 닭들이
"쟤는 왜 저렇게 말을 안 들어?"
하고 일제히 고개를 든다

Seeing dogs running around without coming when I call,
chickens raise their heads all at once wondering why they do
not listen to me at all.

私が呼んでも来ないで走り回る犬を見て、ニワトリたちがなぜあんなに
言うことを 聞かないのかと一斉に頭を上げる。

461

별일도 아닌 일에
규칙을 정해 놓고 지키려고 하는 것은
자기와 주변을 힘들게 할 수 있다

If you try to set and follow rules for nothing, you may make
yourself and others suffer.

大したことでもないのに規則を定めて守ろうとするのは自分と周りを
苦しめかねない。

462

가마솥 밥은
센 불에서도 타고 오래 땐 불에서도 탄다

Rice in a cauldron can burn over high heat as well as over
longer cooking.

釜のご飯は強火でも焦げ、長火でも焦げる。

463

낭비만 하지 않아도
평생을 돈 걱정하지 않고 살 수 있다

You can live your whole life without worrying about money
by not spending money wastefully.

浪費だけしないなら一生をお金の心配なく暮らせる。

464

늙는 것이 죄짓는 일은 아니지만,
죄인처럼 살아야 할 때가 많아진다

Getting old is not a sin but there are many times
when you have to live like a sinner.

年を取ることは罪ではないが罪人のように生きなければならない時が
多くなる。

465

반성은 양심에서 나올 때만 진정성이 있다

Remorse must come from conscience to be authentic.

反省は良心から出てこそ真正性がある。

466

선부른 눈으로 세상을 보면 모순투성이지만,
차근차근 따져 보면 그럴 만한 이유가 있다

When you look at the world with a half-hearted eye, there are
many contradictions, but if you consider each one, there are
always reasons for it.

生半可な目で世の中を見れば矛盾だらけだが、
一つ一つ考えてみればそれだけの 理由がある。

467

젊다는 것은 행복한 것이지만
그것이 최악일 때도 있다

Being young is a blessing, but sometimes it's the worst.

若いということは幸せだが, それが最悪な時もある。

468

자기의 처지를 냉정하게 인정할 때
안정적인 생활을 할 수 있다

When you calmly acknowledge your circumstances, you can
have a stable life.

自分の境遇を冷静に認める時、安定した生活ができる。

469

자기의 감정을 조절할 능력이 약할수록
자기의 삶은 고단해진다

The weaker your ability to control your emotions,
the harder your life will be.

自分の感情をコントロールする能力が弱いほど、
自分の生は苦しくなる。

470

아름다운 꽃을 보면 아름답다고 말하지만,
정말 기막히게 아름다운 꽃을 보면 입만 벌린다

If you see a beautiful flower, you say it is beautiful,
but if you see a really wonderful flower, only your mouth opens.

美しい花を見れば美しいと言うが、
本当にすばらしい花を見れば口だけ開く。

471

넘어져 보면 안다,
넘어지지 않고 잘 걸어 다니는 것이
얼마나 큰 기적인지

You can understand if you fall down,
how big miracle is to walk well without falling down.

転んでみればわかる、
転ばずにうまく歩くことがどんなに大きな奇跡なのか。

472

아무도 나에게 족쇄를 채우지 않았는데
왜 나는 날지 못할까?

nobody put shackles on me, why can't I fly?

誰も私に足かせをはめていないのになぜ私は飛べないのか。

473

누군가에게 폐가 되지 않는다면
조금쯤은 욕심을 내고 살아도 된다

If it doesn't bother anyone, you can live a little greedy.

誰かに迷惑にならぬなら少しは欲張って生きてもいい。

474

2월은 장미꽃을 기다리는 사람에게는 길고
겨울을 좋아하는 사람에게는 아쉬운 달이다

February is a long month for those who wait for the roses,
and a short month for those who love winter.

2月はバラを待つ人には長く冬が好きな人には惜しい月だ。

475

하늘은 우리에게 똑같은 세상을 주었는데
누구는 백 년을 살고 누구는 절반도 못 산다

Heaven has given us the same world, but someone lives a
hundred years, someone does not live half as long.

天は私たちに同じ世界を与えてくれたが、誰かは百年を生き、
誰かは半分も生きられない。

476

나무는 풀을 보고
풀은 나무를 보고 산다,
다 그렇게 산다

The tree sees the grass and the grass sees the tree and they live.
That's how we all live.

木は草を見て草は木を見て生きる. みんなそうやって生きる。

477

하고 싶은 말이 있어도
참는 것은 조금 더 숙성되기 위해서다

I have something to say,
but I'm holding back to let it mature a bit.

言いたいことがあっても我慢するのはもう少し成熟するためだ。

478

책도 오래되면 헌책이라 불린다

When a book gets old, it is called a worn book.

本も古くなると古本と呼ばれる。

479

거친 돌멩이는 바닷물에도 둥글어지고
세찬 바람은 숲 앞에서 멈추는데
인간의 사악함은 어디까지 질주하는가?

rough stones round to sea water, strong wind stops before forest,
but how far human evil runs.

荒い石ころは海水にも丸くなり、激しい風は森の前で止まるが、
人間の邪悪はどこまで疾走するのか。

480

안 보겠다고 눈을 감으면
보고 싶지 않은 것까지 보일 수 있다

If you close your eyes without looking, you can even see
what you don't want to see.

見ないと目をつぶるのに 見たくないことまで見えることがある。

481

도둑고양이란 말은 틀린 말이다,
세상의 모든 동물에게는 소유의 경계선이 없다

The term stray cat is wrong The animals around the world have
no ownership boundaries.

野良猫という言葉は間違っている
世界中の動物には所有権の境界線がない。

482

나이를 먹어서 늙어 가는 것이 아니라
몸이 아파서 늙어 간다

You don't get old by getting old,
you get old because your body hurts.

年をとって老けていくのではなく、体が痛くて老けてす。

483

백화점에 가서 내 것을 살 때는 몰랐는데
선물을 살려고 하니 마음이 설렌다

I didn't know it when I went to the department store to buy my
things. Now I'm excited about buying gifts.

デパートに行って私のものを買う時は知らなかったけどプレゼントを
買おうとするとわくわくする。

484

정원에 여러 개의 꽃을 심는 마음 때문에
많은 사람과 교제가 일어난다

Planting different flowers in the garden causes socializing
with many people from the heart.

庭にいくつかの花を植える心からして多くの人と付き合える。

485

안목 있는 옷가게 주인이
안목 있는 손님을 불러들인다

Insightful dressmaker attracts insightful customers.

見識のある服屋が見識のある客を呼び込む。

486

이제야 후회한다,
아무 이유 없이 원망할 대상이 엄마였던 걸

Now I regret that the object of my grudge was my mother
for no reason whatsoever.

今になって後悔する 何の理由もなく恨む対象が母親だったことを。

487

흔들리는 꽃을 보고
흔들리지 않는 사람은 없다

There is no one who does not shake when seeing the swinging
flower.

揺れる花を見て揺れない人はいない。

488

젊었을 때는
남과 같아야 한다고 생각하고,
나이가 들면 남과 달라야 한다고
생각할 때가 많아진다

When we are young we think we should be like other people,
when we get older we often think we should be different.

若い頃は他人と同じでなければならないと考え、
年を取れば他人と違うべきだと
考えることが多くなる。

489

어려운 상황을 만나면
경험이란 스승이 와서 갈피를 잡아 준다

When we encounter difficult situations, experience is a master
who comes and guides us.

困難な状況に遭うと経験と言うは師匠が来て、道しるべをしてくれる。

490

신발은 두 쪽이 함께 걷지만
서로 다르게 닳는다

both shoes walk together but wear differently to each other.

靴は両方が一緒に歩くけど 互いに違ってすり減る。

491

베토벤 소나타 완주자가 연주 중에 자꾸 틀린다고 하자,
평론가가 사람이니까 틀린다고 했다

When a musician made mistakes many times while performing
complete Beethoven's Sonatas, the critic said he was wrong
because he was human.

ベートーヴェンのソナタ完奏者が演奏中に何度も間違えると言うと、
評論家が人だから間違うと言った。

492

늙어서 좋은 친구를 갖는다는 것은
평소 농사에 소홀하지 않았다는 증거이다

Having a good friend in your old age is a sign
that you have not been neglecting your farming.

年老いて良い友達を持つということは,
普段から農業に疎かではなかった証拠だ。

493

의자를 처음 사다 놓고 앉아 보니 어색했는데
계속 앉다 보니 내 취향이 되어 버렸다

The first chair I bought was awkward, but after sitting on
it for a long time, it became my favorite.

椅子を初めて買って座るとぎこちなかったが、
座り続けるうちに私の好みに合ってしまった。

494

고난이 닥쳤을 때
어떻게 극복하느냐가 그 사람의
다음 인생을 결정 짓게 된다

When faced with hardship,
how one overcomes will determine his/her next life.

苦難に直面した時、どう克服するかがその人の次の人生を決める。

495

같은 나무라도
빨리 자라는 나무가 있고
늦게 자라는 나무가 있다

Some trees grow faster and some trees grow slower, even the
same kind of tree.

同じ木でも早く育つ木があり、遅く育つ木がある。

496

참아야 할 때
참지 못하고 말을 하게 되면
상대방은 물론 자기에게도
불편한 일이 된다

If you cannot be patient and talk when you have to be patient,
it must be inconvenient for you as well as the other party.

我慢しなければならない時に我慢できず、
話をすると相手はもちろん自分にも
不便なことに違いない。

497

산은 강을 강은 산을 부러워하지만,
산은 산으로 강은 강으로 산다

Mountains envy rivers, rivers envy mountains, but mountains
live as mountains and rivers live as rivers.

山は川を川は山を羨ましがるが、山は山で川は川で暮らす。

498

세상에는
예기치 못한 많은 변고가 일어나지만
나와는 무관한 일이라고 생각하기 쉽다

I tend to think that a lot of unexpected strange suffering happens
in the world but has nothing to do with me.

世の中には予期せぬ多くの異変が起こるが,
私とは無関係だと考えがちだ。

499

자기의 일에 충실하다 보면
남을 탓할 시간이 없다

If you are true to your work, you have no time to blame others.

自分の仕事に忠実であれば人のせいにする時間がない。

500

사람에게는
누구를 함부로 도울 의무도 없고
누구의 도움을 요구할 권리도 없다

One has no obligation to help someone unnecessarily
and no right to ask for someone's help.

人には誰かをむやみに助ける義務もなく、
誰かの助けを求める権利もない。

501

내가 얼마나
기고만장하고 있는가를 깨달을 때쯤에는
모든 실패가 나를 포위하고 있을 것이다

By the time I realize my hybris,
all my mistakes will have surrounded me.

私がどれだけ気負っているかに気付く頃には、
失敗はすべて私を包囲しているだろう。

502

할 말이 많아서 늘 고단하다고 말할 때가
세상과 잘 소통하고 있을 때이다

When you have a lot to say and always say you are tired is
when you are well connected with the world.

言いたいことが多くていつも疲れたと言う時が世の中とよく
疎通している時だ。

503

유리창을 열기 전에는
창밖의 느낌을 느낄 수 없다

Before opening the window pane,
you cannot feel the outside of the window.

窓ガラスを開ける前には窓の外の感じが感じられない。

504

가장 오래 남는 기억은
아이를 얻었을 때의 설렘이다

The memory that lasts the longest is the crush of having a child.

一番長く残る記憶は子供を産んだ時のときめきだ。

505

저녁을 지키는 달만큼 무거운 입은 없다,
밤마다 내 하는 짓을 다 봤을 텐데

There is no mouth heavier than the moon that guards the
night, night after night, watching everything I do.

夜を守る月ほど重い口はない 夜毎 私のすることを全部見たのに。

506

식구들이 모여서 떡국을 먹다가 마당을 보니
복실이도 떡국을 먹는다, 식구니까

he family gets together and eats tteokguk, and when you look
at the yard, you see doggy boksil eating tteokguk too.

家族が集まって餅汁を食べながら庭を見ると、犬も餅汁を食べる
家族だ。

507

차가운 차도 있지만
따뜻한 차를 놓고 마주 앉아 있으면
서로가 더 따뜻해진다

There are cold teas, but sitting across from each other with a
warm tea makes you warmer.

冷たい紅茶もあるが暖かいお茶を置いて向かい合って座っていると
お互いがもっと暖かくなる。

508

돈이 세상을 지배하고 있으니
모두 사장님이라고 부른다

Everyone calls each other CEO because money rules the world.

お金が世の中を支配しているから皆社長と呼びます。

509

세상은 수많은 인재가 묻혀 있는
인재 공동묘지다

The world is a human resource cemetery where many people
are buried.

世の中は多くの人材が葬られる人材共同墓地だ。

510

속마음을 겉으로 다 내놓고
사는 사람은 없다, 그게 교양이다

No one lives by showing their true feelings,
that's called cultivated.

本音を表に出して生きる人はいない それが教養だ。

511

희생하면 당장은 아니더라도
어떠한 방법으로든 그 대가가 되돌아온다

If you sacrifice, the price will be paid back,
if not immediately then in any way.

犠牲になるとすぐではなくても、
どんな方法であれその代償が返ってくる。

512

정말 머리 좋은 사람은
성적 좋은 사람이 아니라
욕심부리지 않고 살 줄 아는 사람이다

A really smart person is not someone with good grades but
someone who knows how to live without being greedy.

本当に頭のいい人は成績のいい人ではなく、欲張らずに生きることを
分かる人だ。

513

우여곡절이 없는 인생은 없다,
잘 나갈 때 잘 살 줄 알아야 한다

There is no life without twists and turns. When things go well,
we should be able to enjoy the life.

紆余曲折のない人生はない. うまくいく時、豊かに暮らせるように
しなければならない。

514

들판에 흐르는 시냇물에
떠내려가는 낙엽 한 장처럼
떠내려가고 싶다

I want to float off like a falling cage floating in a stream
running through the field.

野原に流れる小川に浮かぶ落ち葉のように浮かんで
流されていきたい。

515

Covid-19 마스크가
말을 글로 쓰게 만들었고
듣지 않고 생각하게 만들었다

Covid-19 mask made one to change words to texts
and think without listening.

Covid-19マスクが言葉を書くようにし、聞かずに考えさせた。

516

자기의 배우자가
대단한 사람이라고 생각할 때
자기가 행복해진다

You become happy by considering your spouse as an amazing
person.

自分の配偶者がすごい人だと思うとき自分が幸せになる。

517

좋은 것은 사용 안 하고 나쁜 것만 사용하다 보면,
죽기 전에는 좋은 것만 남는다

Use only the bad ones, not the good ones,
and only the good ones will remain unused before death.

良いものは使わず悪いものだけを使うと
死ぬ前には良いものだけが残る。

518

넉넉한 환경에 있는 사람도
자기의 의식에 따라
행복할 수도 있고 불행할 수도 있다

affluent environment may be happy or unhappy depending on
their own consciousness.

豊かな環境にいる人も自分の意識次第で幸せかもしれないし
不幸かもしれない。

519

식당은 다시 먹고 싶은 음식이 있을 때가 좋고
사람은 다시 보고 싶을 때가 좋다

It is a good restaurant when you want to eat something again
there and people are good when you want to meet them again.

食堂はまた食べたいものがある時がいいし、
人はまた会いたい時がいい。

520

과거는 깨달음에 좋고
현재는 순리를 따르기에 좋고
미래는 절제를 설계하기에 좋다

past is good for reflection,
present good for following the reason,
future is good to design temperance.

過去は悟りに良く、現在は順理に従うのに良く、
未来は節制を設計するのに良い。

521

지식인이 정치인이 되면
거짓말부터 배운다

When intellectuals become politicians, they learn telling lies.

知識人が政治家になると嘘から学.ぶ。

522

책은 무게로 구별되는 것이 아니라,
그 필자가 어떤 무게로 썼느냐에 달려 있다

A book is not distinguished by its weight but by the weight
with which its author wrote.

本は重さで区別されるのではなく、
その筆者がどの重さで書いたかにかかっている。

523

입은 옷에 따라 행동이 달라지는 것은
어떤 꽃을 보고 어떻게 느끼느냐와 같은 개념이다

It is the same logic how you behave differently according to
your clothing as how you feel differently to different flowers.

着た服によって行動が変わるのはどんな
花を見てどう感じるかとおなじ概念だ。

524

양심 있는 사람이라면
잘못을 인정하는 것이, 속이고 사는 것보다
편하다는 걸 안다

If you are a person of conscience,
you know that it is easier to admit a mistake than to live a life
of deception.

良心のある人なら、過ちを認めた方が騙して生きるより
楽だということを知っている。

525

강요든 배려든 간에
하고 싶은 말을 못 하고 사는 것만큼
어려운 일은 없다

Nothing is more difficult than to live without saying what you
want to say, whether by force or by consideration.

強要であれ配慮であれ、
言いたいことを言えずに生きることほど難しいことはない。

526

자기의 주장이 아무리 좋아도
대부분 사람에게 공감을 얻지 못하면
허상이 되고 만다

No matter how good your argument is, it will be a false image
if it does not gain sympathy from most people.

自分の主張がいくら良くてもほとんどの人に共感を得られなければ
虚像になってしまう。

527

사람들에게서는 어리석음을 배우기 쉽고
자연에서는 지혜를 배우기 쉽다

It is easy to learn stupidity from people,
it is easy to learn wisdom from the nature.

人々からは愚かさを学びやすく、自然からは知恵を学びやすい。

528

자기의 직책을 이용해서 돈벌이를 하거나,
명예를 얻으려는 자들에게 경고한다,
치사하고 더럽게 살지 말라

warning to those who try to make money or gain honor from
their jobs. Don't live a dirty and vile life.

自分の職を利用して金儲けをしたり、名誉を得ようとする者に警告する.
卑劣で汚く生きるな。

529

부부란
궁박한 시절에 꺼내 쓰는 적금통장이다,
적금은 일찍 들수록 좋다

A couple is a savings account book that is taken out in times of
distress. The sooner the money is deposited, the better.

夫婦とは窮迫の時代に取り出して使う積金通帳だ。
積金は早く入るほど良い。

530

고단한 인생에
병마까지 시달리며 살면서도
지은 죗값이려니 생각하니
마음이 편하다

It is easy to think that suffering through a hard life
and even sickness is the price for the sins committed.

苦しい人生に病魔まで苦しみながらも犯した罪の代価だと思うと
心が楽だ。

531

가지 많은 나무가 바람 잘 날 없다지만
가지 없는 나무를 나무라고 할 수 있을까?

Even though a tree with many branches has no wind calm days,
can we call a tree without branches a tree.

枝の多い木に風の静まる日がないとはいえ、
枝のない木を木と言えるだろうか。

532

잘난 사람이 하도 많다 보니
스승과 제자가 없는 세상이 되었다

Too many people with high standards have led to a world
without teachers and apprentices.

偉そうな人が多すぎるから師と弟子のいない世の中になった。

533

학교 선생님을 우습게 생각하는 사람이
자식을 학교에 보낸다면,
그게 정상인가?

If someone who makes fun of school teachers sends their
children to school, is that normal.

学校の先生を馬鹿にする人が子供を学校に行かせるなら、
それが正常か。

534

징검다리만큼 지름길이 되는 길도 없다

There is no shorter path than a stepping-stone bridge.

飛び石の橋ほど近道になる道もない。

535

기러기야! 그렇게 멀리서 날아왔는데
아직도 기운이 넘치는구나,
가족이 함께여서라고

Wild geese, you flew so far and you are still full of energy since
you're all here together as a family.

ガンよ!あんなに遠くから飛んできたのにまだ元気が溢れてるな
家族みんな揃っているから。

536

자기 집 화단의 꽃나무 몇 그루도 건사하지 못하면서
식물원에 꽃 보러 가는 것은 무슨 심리일까?

What kind of mind would go to the botanical garden to see
flowers without taking care of a few flowers in the flowerbeds
of your own house?

わが家の花壇の木さえ育てることができずに
植物園に花を見に行くのはどういう心理だろうか。

537

자기가 칭찬받을 때보다
자식이 칭찬받을 때가 더 행복하다

I am happier when my children are praised than
when I am praised.

自分が褒められる時より子供がほめられる時のほうが幸せだ。

538

땅콩을 들고 있으면 직박구리가 오고,
사료를 주면 고양이가 발톱을 접는다,
그들은 사육당한다는 걸 알까?

the himejira bird come for peanuts in my hand, the cat hides its
nail when it is fed. Do they know that they are being bred?

ピーナッツを持っているとヒメニラが来て エサをあげると猫が爪を隠す
彼らは飼はされてることを知っているだろうか。

539

작은 돌은 사람을 넘어지게도 하지만
큰 돌은 사람을 쉬게 하는 너럭바위도 된다

Small stones can knock people down, but large stones can also
be flat rocks on which people can rest.

小さな石は人を倒したりするが、大きな石は人を休ませる平たい
岩にもなる。

540

소가 파리를 쫓다가 꼬리로 파리를 죽였다면
소를 무슨 죄로 다스려야 할까?

If a cow chases a fly and kills it by the tail, by which law it is to
be punished?

牛がハエを追いながら尻尾でハエを殺したとしたら、
牛を何の罪で扱うべきか。

541

우리는
아무에게도 피해를 주지 않았다는 식으로
자기 합리화를 하면서 죄를 짓는다

We commit a crime while rationalizing ourselves as not causing
damage to anyone.

私たちは誰にも被害を与えていないというふうに
自己合理化しながら罪を犯す。

542

들판은 거칠게 자라는 엉겅퀴나
곱게 자라는 제비꽃이나 차별하지 않고
꽃필 자리를 내어준다

The field gives us wild growing Thistle, beautiful growing violets
and a place to bloom without discrimination.

野原は荒々しく育つアザミもきれいに育つスミレも区別なく花咲く
場所を 与えてくれる。

543

키 작은 사람이 보는 각도와
키 큰 사람의 각도가 다르듯
사람들은 자신의 각도로 세상을 본다

Just as a short person sees the world from a different angle
than a tall person, people see the world from their own angle.

背の低い人が見る角度と背の高い人の角度が違うように、
人々は自分の角度で世の中を見る。

544

인적이 끊긴 길에 홀로 서 있는 가로등의 고독을
이해하려는 사람이 많을수록
세상은 따뜻해진다

The more people who try to understand the loneliness of a
lamppost standing alone on a long busy street, the warmer the
world will become.

人通りの長い道に一人で立っている街灯の孤独を理解しようとする
人が多ければ 多いほど、世の中は暖かくなる。

545

의미 있는 책을 사서
지인들에게 선물하는 것만큼
오래 남는 기억도 많지 않다

There are not many memories that last as long as buying a
meaningful book and giving it to someone you know.

意味のある本を買って知人にプレゼントすることほど長く残る記憶も
多くない。

546

지혜를 얻을 곳은
첫째가 자연이고 둘째가 책이다,
자연과 멀리 있는 사람들에게는
책이 자연이다

The first place is nature and the second is books where we get
wisdom. For those who are far from nature, books are nature.

知恵を得るところは一つ目が自然で、二つ目が本だ。
自然と遠く離れている人には本が自然だ。

547

똑바로 서서 생각하면
똑바른 생각이,
삐딱하게 서서 생각하면
삐딱한 생각이 날 것 같다

If you think standing twisted,
the right idea will likely become a twisted idea.

まっすぐ立って考えると、正しい考えがひねくれて考えると、
ひねくれた考えになりそうだ。

548

여러 가지 이유로 결혼 안 하는 것은
죄짓는 일 같고,
여러 가지 이유로 결혼하는 것은
칭찬받을 일 같다

To not marry for various reasons is a sin,
and to marry for various reasons is a praise.

いろいろな理由で結婚しないのは罪を犯すことだし、
いろんな理由で結婚するのは褒められることだと思う。

549

비빔밥에 고명처럼
곱게 살 수만 있다면 얼마나 좋을까를
생각하게 하는 밤이다

It's a night that makes you think about how great it would be
if you could live like a garnish on a bibimbap.

混ぜご飯の薬味のようにきれいに暮らせたらどんなにいいか
考えさせられる夜だ。

550

전화기가 있다는 것이
행복이었던 시절이 얼마 되지 않았는데
아주 오래된 일처럼 그리워진다

I miss the time seemingly not too long ago
when I was happy to have a telephone.

電話機があるのが幸せだった時代があまり経っていないのにとても
古いことのように懐かしくなる。

551

눈이 큰 사람이나 눈이 작은 사람이나
보이는 것은
관심의 정도에 따라 다를 뿐이다

People with big eyes and people with small eyes can see
only differently depending on their level of interest.

目が大きい人も目が小さい人も見えるのは関心の程度によって
違うだけだ。

552

부부는 서로 곁에 있을 때보다
멀리 떨어져 있을 때
더 소중하게 생각하게 하는 존재이다

Married couples care more about each other
when they are far away than
when they are near each other.

夫婦はお互いのそばにいる時より遠く離れている時、
もっと大切に思う存在だ。

553

사람은 태어나면서부터
95%의 세상을 공짜로 받고,
5%만 자신의 노력으로 살아간다

People receive 95% of the world for free from birth
and live only 5% through their own efforts.

人は生まれてから95％の世界をただで受け取り、
5％だけ自分の努力で生きていく。

554

짐승은 감정대로 사는 동물이고
사람은 감정을 다스리며 사는 동물이다

Beasts are animals that live according to their emotions
and people are animals that live by controlling their emotions.

獣は感情通りに生きる動物で、
人は感情をコントロールして生きる動物だ。

555

선택받지 못했다고
선택하지 않은 사람을 원망할 일이 아니라,
선택받지 못한 이유를 생각할 일이다

Do not resent those who did not choose you because
you were not selected, but think about why you were not
selected.

選ばれなかったからといって選択しなかった人を恨むことではなく、
選ばれなかった理由を考えることだ。

556

하늘의 별은 불을 꺼야 보이고
지상의 별은 눈에 불을 켜야 보인다

The stars in the sky are visible only with fire extinguished
and the stars above only with fire in their eyes.

空の星は電気を消してこそ見え、
地上の星は目に火をつけてこそ見える。

557

젊었을 때는
어리석은 자와 지혜로운 자의 삶이
비슷해 보이지만,
늙어지면 확연히 달라진다

When young, life seems similar between the foolish and the wise,
but it certainly changes as one ages.

若い頃は愚かな者と知恵のある者の人生が似ているように見えるが、
年を取ると確実に変わる。

558

어리석은 자는
젊음의 밭에 고독의 씨를 뿌리고
지혜로운 자는
웃음의 씨를 뿌린다

Fools sow the seeds of loneliness in the fields of youth,
wise men the seeds of laughter.

愚か者は若さの畑に孤独の種をまき、賢い者は笑いの種をまく。

559

인간이 급수가 있다고 생각하는 건
죄를 짓는 일이다

To think that a man has a class is to commit sin.

人間が級数があると考えるのは罪を犯すことだ。

560

아이를 낳아서
좋은 일이 생겼다는 말은 들었어도
나쁜 일이 생겼다는 말은 듣지 못했다

I heard that I could do good things after having a child,
but I never heard that I did bad things.

子供を産んで良いことができたという
話は聞いても悪いことができたとは聞いていない。

561

분별력이 없는 말이나 행동은
자기는 물론 타인에게까지 피해를 준다

Words and actions without discernment cause damage not only
to oneself but also to others.

分別のない言葉や行動は自分だけでなく
他人にまで被害を与える。

562

사람들은
자기가 누리고 싶은 행복 이상을
자식에게 주고 싶어한다

People want to give their children more happiness than
they want to enjoy for themselves.

人々は自分が享受したい幸福以上のものを子供に与えたく思う。

563

눈을 크게 뜨고 보라,
지금 우리는 모든 것을 가지고 있다,
우리는 행복에 빗물처럼 젖어 있다

Open your eyes wide. Now we have everything,
we are wet like rainwater with happiness.

目を大きくして見よ、今私たちはすべてを持っている 私たちは幸福に
雨水のように濡れている。

564

같은 말이라도
어떤 사람은 실패하는 쪽으로 듣고
어떤 사람은 성공하는 쪽으로 듣는다

Some people hear the same words as the failures,
others hear them as the successes.

同じ言葉でも、ある人は失敗する方に聞き、ある人は成功の方に聞く。

565

개의 입에서는 개소리가 나오고
사람 입에서는 사람 소리가 나와야 하는데,
그렇지 못한 시대에 살고 있다

We live in a time when the voice of a dog must come out of
the mouth of a dog and the voice of a person must come out
of the mouth of a person, but it does not.

犬の口からは犬の声が出て、
人の口からは人の声が出なければならないのに、
そうでない時代に生きている。

566

낫을 숫돌에 갈거나
숫돌을 낫에 갈거나
낫은 날카로워진다

Sharpen the sickle on the whetstone
or the whetstone on the sickle,
the sickle gets sharper.

鎌を砥石で研いでも、砥石を鎌で研いでも鎌は鋭くなる。

567

어렸을 때 부모님이 만들어 주셨던 음식 중
내 식성에 맞는 것만 기억이 난다,
사람은 그만큼 이기적이다

I can only recall those food from my parents for me as a child
which was delicious for me. Humans are that selfish.

幼い頃、両親が作ってくれた食べ物の中で私の趣向に合わせおいしい
ものだけを思い出す人はそれだけ利己的だ。

568

목표를 정하지 않고 떠나는 여행도 멋진 일이다,
매일 도착하는 곳이 목적지가 될 테니까

It is also great to travel without setting a goal
because every day you arrive at your destination.

目標を定めず旅立つのも素晴らしいことだ
毎日届くところが目的地になるから。

569

아픈 친구를 위로하는 일은
산을 올라가는 일처럼 어렵지만
올라가야 한다

Comforting a sick friend is as difficult as climbing a mountain,
but you have to climb.

病席の友達を慰めるのは山を登るような難しいことだが登らなければ
ならない。

570

비가 온 뒤에 나무들이 더 푸르러지듯
마음도 씻어 내리면 더 푸르러질까?

Just as the trees turn bluer after it rains,
will they turn more green if we wash our hearts too?

雨が降った後に木々がもっと青くなるように心も洗えばもっと
青くなるだろうか。

571

사람들이 완벽하다면
예수님이나 부처님이 왜 필요하겠어!

If people are perfect, why do they need Jesus or Buddha?

人々が完璧ならイエス様や仏様がなぜ必要なのか。

572

노인의 아침은 매일이 생일이다

Every morning is a birthday for the old man.

老人の朝は毎日が誕生日だ。

573

계산적으로 결혼하면
계산으로 결말이 나고
사랑으로 결혼하면 사랑으로 결말이 난다

When you marry by account, you end up with an account,
when you marry by love, you end up with love.

計算的に結婚すれば計算で結末がつき、
愛で結婚すれば愛で結末がつく。

574

최선을 다했다면 결과와 관계없이
자기를 칭찬해 주어야 한다

If you did your best,
you must praise yourself regardless of the result.

最善を尽くしたなら、
結果と関係なく自分を褒めてあげなければならない。

575

작다는 말보다
아담하다는 말이 좋고,
크다는 말보다
훤칠하다는 말이 좋다

I prefer the word 'adamhada' better than the word small
and slender than the word big.

小さいという言葉より小柄という言葉が好きで、大きいという言葉より
すらりとした言葉が好きだ。

576

냉장고야!
너는 늘 똑같은 온도라서
봄 여름 가을 겨울 변화를
못 느끼겠구나

Refrigerator, you will not feel the change of spring, summer,
fall and winter because you always have the same temperature.

冷蔵庫よ、あなたはいつも同じ温度だから
春夏秋冬の変化を感じないだろうね。

577

계선주에 앉은 갈매기는
떠나간 배가 돌아올 날을 기다리며 운다

A seagull on a mooring cries as it waits for the return of a
departed ship.

係船主に座ったカモメは出発した船が戻ってくる日を待ちながら泣く。

578

사람이 욕망의 끝으로 질주하다 보면
상대방은 물론 자기도 중도에 쓰러지게 된다

When a person sprints to the end of his/her desire,
he/she will fall down in the process as well as the other person.

人が欲望の果てに疾走していると 相手はもちろん自分も途中で
倒れてしまう。

579

주장하는 말을 보면
성공할 사람인지 망하게 될 사람인지가
보이게 되어 있다

When we look at the words that you claim, we can see whether
you are a person who will succeed or perish.

主張する言葉を見ると、成功する人なのか滅びる人なのかが
見えるようになっている。

580

우리 집만 안 탔다고
좋아하는 사악한 마음은
도대체 어디서 나올까요?

where in the world does the evil mind come from that we like
to say only my house is not burnt down.

我が家だけ燃えなかったからといって喜ぶ邪悪な心は
いったいどこから出てくるのでしょうか。

581

자신이 원한 걸 이룬 것은
작은 성공이고,
한 가족을 이루고 사는 것은
큰 성공이다

Achieving what you want is a small success,
living as one family is a big success.

自分が望むことを成し遂げたのは小さな成功であり、
家族を成して生きることは大きな成功だ。

582

나에게만 잘하는 사람이
좋은 사람이 아니라
다른 사람에게도 잘하는 사람이
좋은 사람이다

A person who treats only me well is not a good person; a
person who treats others well is a good person.

私にだけよくする人が良い人ではなく他の人にもよくする人が良い人だ。

583

새들은 날개 다친 새들을 대신하여 날 수 없지만,
사람들은 다친 사람 대신 날 수 있다

Birds cannot fly in place of a bird with an injured wing,
but people can fly in place of injured people.

鳥は翼を怪我した鳥の代わりに飛べないが、
人々は負傷した人の代わりに飛べる。

584

약수터 낙수에 몸을 씻고
하루를 시작하는 산새들처럼
물 한 모금 받아먹고 하루를 시작한다

start your day with a sip of water like a mountain bird washing
itself in the falling water of the mountain spirng.

薬水場の落水に身を洗い、一日を始める山鳥のように水を一口飲んで
一日を始める。

585

이웃을 많이 알고 있는 것은
삶을 살아가는 능력이다

Knowing lots of neighbors is the ability to lead your life.

近所の人をたくさん知っていることは人生を生きていく能力だ。

586

인생은 들물 때와 썰물 때가 있다

Life is a time of entering and ebbing water.

人生は水の入り時と引き潮時がある。

587

마음의 평화를 위해서 초침 없는 벽시계를 건다

hang a wall clock without a second hand for peace of mind.

心の平和のために秒針のない壁時計をかける。

588

길을 잃었다는 것은
새로운 길을 찾을 기회라는 것이다

If you get lost, it means it's an opportunity to find a new path.

道に迷ったということは新しい道を探す機会だということだ。

589

마음을 비워 놓는다는 것은
누군가를 기다린다는 뜻이다

Keeping an open mind means waiting for someone.

心を空けておくということは誰かを待つという意味だ。

590

아내가 하는 잔소리가 듣기 싫은 걸 보니
내 잔소리가 아내도 듣기 싫겠구나

I see you don't want to hear my wife's nagging,
I guess my wife doesn't want to hear my nagging either.

妻の小言が聞きたくないのを見ると、
私の小言が妻も聞きたくないだろうね。

591

쓰레기를 줄이는 것은
자기를 받아 준 지구에 대한 예의다

Reducing garbage is a courtesy to the earth
that has accepted you.

ごみを減らすことは自分を受け入れてくれた地球に対する礼儀だ。

592

꽃의 시대가 가고 잎의 시대가 오듯이
사람도 시대를 바꾸며 산다

People live in changing times as the time of flowers passes
and the time of leaves comes.

花の時代が過ぎ葉の時代が来るように人も時代を変えて生きる。

593

아가야!
나는 엄마가 될 줄 몰랐단다,
나는 네 엄마가 된 것이
너무 행복하단다

My baby! I didn't know I was going to be a mother.
I am so happy to be your mother.

赤ちゃん！私はお母さんになるとは思わなかったわ。
私はあなたのお母さんになれてとても幸せだよ、。

594

누가 나를 인정해 줄 때 행복했다,
나도 너를 행복하게 해 줘야겠다

I was happy when someone recognized me.
I should make you happy too.

誰かが私を認めてくれる時幸せだった
私も君を幸せにしてあげないと。

595

가족은 특별한 게 아니다,
존재 자체가 가족이다

Family is not something special, existence itself is family.

家族は特別なものではない存在自体が家族である。

596

자기의 뜻대로만 되는 게 세상이 아니라,
자기의 뜻대로 되지 않는 것도 세상이다

The world is not what you want it to be,
but what you don't want it to be.

自分の思い通りになるのが世の中ではなく、
自分の思い通りにならないのも世の中だ。

597

인간은 모든 생명체를 먹고 생명을 이어 간다,
살생하지 말라는 말은 애초에 없었어야 할 말이다

Humans eat all life forms to sustain life. The words "do not kill"
should never have been used in the first place.

人間はすべての生命体を食べて命をつなぐ 殺生するなという
言葉は、そもそもあってはならないことだ。

598

완벽한 갈무리를 하고 떠나는 인생은 없다

There is no life that departs with a perfect ending.

完璧な締め括りをして去る人生はない。

599

청백리상은
진짜 청백리가 타는 상과
가짜 청백리가 타는 상
두 가지가 있다

There are two types of Cheongbaekri awards,
one for real Cheongbaekri
and one for fake Cheongbaekri.

青吏賞は本物の
青吏が受賞する賞と偽の青吏が受賞する
賞の二種類がある。

600

뿌리는 땅속의 길을 보는 눈을 가진 동물이다

The root is an animal that has eyes to see the way in the ground.

根は地中の道を見る目を持つ動物だ。